I0682836

Contraste insuffisant
NF Z 43-120-14

Histoire d'un brave petit soldat

Berger-Levrault éditeurs
5-7 rue des Beaux-Arts, Paris

Histoire d'un brave petit soldat.

Texte et images de Charlotte Schaller.

Berger-Levrault, Paris

Il était une fois un petit soldat bien sage

qui vivait dans une grande maison à
beaucoup d'étages, habitée par plusieurs
familles très joyeuses. Tout ce petit monde
faisait bon ménage et l'on n'entendait
jamais sortir d'autres bruits, de la grande
maison, que les aboie-
ments du chien de
garde, le fidèle Miou.

Or, il y eut une
fois grand branle-bas
dans la belle maison ;

 on entendit un pas sourd, un formi-
dable toc-toc sur la grande porte de
chêne, et lorsque le chien Miou ouvrit
d'une patte méfiante, on vit un beau
gendarme, en grande tenue, tendant
une large enveloppe toute cachetée de cire à l'adresse du petit
soldat. Et voilà que, tout à coup, règne une grande animation dans
la maison. La nouvelle apportée confidentiellement au petit soldat par
le gendarme agite fort tout ce petit monde. — Vive la France! — La

guerre vient d'être déclarée entre tous les petits soldats
français et les vilains soldats boches. Il n'y a pas de
temps à perdre. Tout ce qui, dans la maison, porte un
uniforme sort des armes, des chevaux, des voitures et
déjà se prépare une grande revue de toute la cavalerie
disponible. Et puis on ne sait jamais ce qui peut arriver,
emportons aussi dans une charrette le grand monoplan
rouge; il sera peut-être, plus tard, d'une grande utilité!

Toutes les mamans et les petites filles admirent les jolis soldats et remplissent de friandises les poches, les musettes et les sacs. La petite sœur de notre ami lui fait le sacrifice d'un gros collier de lourds marrons que, du haut de son aéroplane, il pourra laisser tomber sur la tête des vilains boches; maintenant l'heure grave a sonné; allons tous rejoindre

nos casernes, cependant que tous ceux qui, jusqu'à
ce jour, n'ont pas encore été soldats courent chez
les gendarmes, pour signer un engagement. —

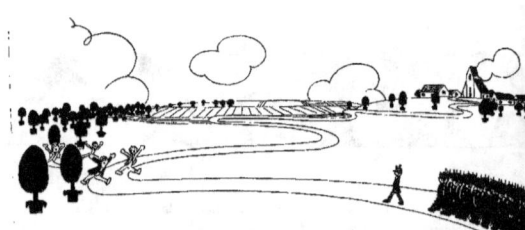

Sur la route, en plein midi, le régiment de notre ami s'avance
vaillamment. Les soldats chantent..... le sac est lourd et le soleil
bien chaud. Enfin voici l'ennemi : tout au bout de la route, sur
une petite colline, il y a un grand village : des petits garçons
accourus à travers les bois viennent prévenir le capitaine que les
méchants boches s'y sont installés. Aussitôt les soldats se rangent sur

une seule ligne à travers champs et notre petit ami reçoit l'ordre d'aller, avec son aéroplane, voler au-dessus du village pour compter les soldats ennemis.

Bien entendu il emporte une bonne provision de projectiles...... et s'en félicite, car arrivé au-dessus de la grande place du village, il voit une belle automobile décou-verte où se prélasse un gros général allemand. Un marron adroitement lancé apprend à ce vilain homme qu'il est impru-dent de venir attaquer sans précaution les vaillants soldats français. — Grand émoi dans les rues du village: les soldats

ennemis abandonnent leurs positions de combat pour venir voir
ce qui reste du gros général si méchant qui les commandait. —

et notre petit ami rit de grand cœur : voilà maintenant que les soldats de son régiment, dispersés dans les champs, accourent en chantant la Marseillaise ; profitant du tumulte, ils emportent le village à la baïonnette et lorsque, quelques instants plus tard, il revient doucement à terre, le régiment lui présente les armes, le colonel tout ému l'embrasse, il reçoit la médaille militaire et de beaux galons dorés.

Après ce haut fait d'armes, notre petit ami ne se tient pas pour satisfait. Il y a d'autres prouesses à accomplir. Bien loin, derrière beaucoup de prairies et de collines, les méchants Boches ont installé de grands hangars, pour abriter leurs fameux « Zeppelins »..... et pendant que son régiment se repose quelques heures dans le village conquis, notre petit soldat s'envole très haut dans les nuages....... le général lui a serré la main, son cœur bat très fort; il compte bien ne pas revenir avant d'avoir crevé l'un ou l'autre de ces gros dirigeables. — Un village, deux villages...... une grande rivière, enfin voilà la ville. Mais qu'est-ce que cela! Le ronflement du moteur semble faiblir....... puis s'arrête....... et, maintenant, notre petit aviateur glisse sans bruit...... descendant, à une vertigineuse allure, hélas vers......

Déjà de nombreux soldats boches l'ont vu et accourent en levant les bras comme pour l'avoir plus vite à leur merci. C'en est fait: il est conduit vers la ville sous bonne escorte, non sans avoir eu cependant le sang-froid d'incendier son appareil.

Adieu, beau monoplan! Les Boches ne se serviront au moins pas de toi.

Sur la grande place il y a foule, tout le monde veut voir le petit soldat français. — Fier, il s'avance, méditant des vengeances terribles contre l'espion qui sans doute lui a joué ce mauvais tour... et les vieux Boches incapables de porter des armes semblent lui faire une haie d'honneur ; séduits par sa prestance, ils n'osent l'invectiver.

Notre petit ami ne devait pas rester longtemps en captivité chez ces gros maroufles. — Un matin, en effet, il voit ses gardiens fort émus se disputant les dernières éditions des journaux. Il paraît que leur empereur vient d'attraper un colossal rhume de cerveau, en voulant, lui aussi, jouer trop sérieusement au soldat.

Notre prisonnier a vite fait de prendre une décision: profitant de l'émoi général, il envoie un formidable coup de poing dans le ventre de son gardien, qui tombe raide mort, le nez dans son journal....., s'empare du casque à pointe et du fusil, revêt la capote grise et sort de la citadelle où il était enfermé en recevant les honneurs du poste de police.

Maintenant, raide, imitant à s'y méprendre le gracieux pas de l'oie, il déambule dans les rues de la ville et sort dans la campagne. — Arrivé non sans émotion à se dépêtrer de toutes les patrouilles, notre vaillant petit ami s'enfonce dans un grand bois. Il va falloir cependant se méfier.

        La situation est
délicate : éviter, grâce à l'uniforme
que son gardien lui a prêté involontairement,
de retomber dans quelque piège ; le jeune sergent
s'en charge, mais attention au « lebel » de la première
sentinelle française qu'il rencontrera. Profitant donc de la nuit
qui tombe, il s'enfonce encore plus profondément dans la forêt. —
Notre petit ami a fait bien des kilomètres, lorsqu'une légère teinte rose
perce entre les arbres. — Lointain dans la campagne

un coq lance un joyeux « cocorico! » — Il s'arrête à la lisière du bois : voici l'instant critique....... Qui vive! — France! — Rejetant bien vite loin de lui la capote et le casque à pointe, notre petit ami court de toutes ses forces......; au milieu de la prairie, tout près d'un moulin, un zouave monte la garde. — Interrogé par les officiers, notre petit ami n'a que le temps de leur conter ses aventures; le camp est en émoi : les soldats bouclent leurs sacs, les gradés donnent des ordres rapides......; le vilain empereur de ces vilains Boches est de plus en plus enrhumé du cerveau, il lui

devient
impossible de
rester plus longtemps
dans un pays qu'il juge
trop humide ! Alors, de rage
et pour ne pas abandonner le
commandement

de ses armées, il vient d'envahir la France d'un autre côté en écrasant les pauvres Belges ! — Sur la route, arrivent de lourds autobus tout poussiéreux ; sans perdre un instant, le régiment de notre petit ami s'engouffre dans les véhicules à toute vitesse et s'en va à la rencontre de ces méchantes gens.

Pour la première fois depuis le commencement de la campagne, le jeune héros jouit de quelque repos au milieu de ses meilleurs camarades..... A un arrêt en plein champ, la soupe chauffe joyeusement dans les marmites, les panaches de fumée montent droit au ciel, un joyeux appel de clairon éclate dans l'atmosphère calme : le vaguemestre...., et tandis que quelques minutes après, les lourds autobus démarrent

à
toute
vitesse,
soulevant
des nuages
de poussière
à la grande ter-
reur des chiens,
chats, poules et ca-

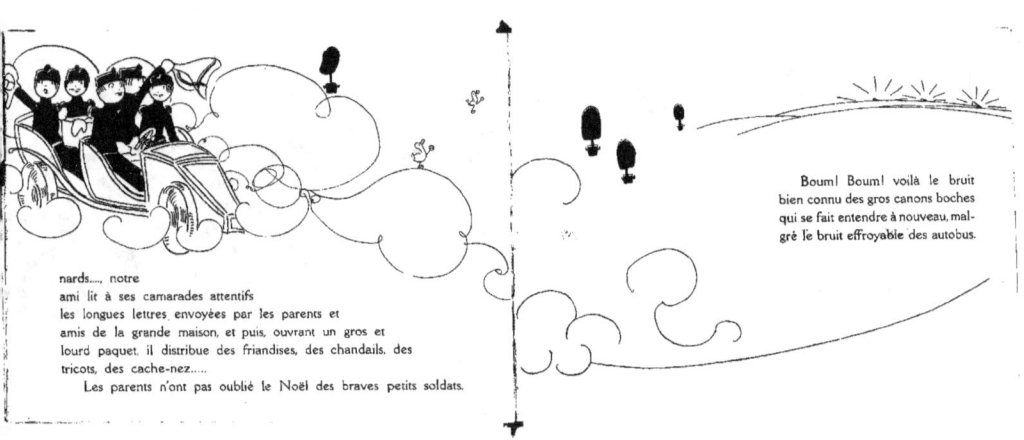

nards...., notre
ami lit à ses camarades attentifs
les longues lettres envoyées par les parents et
amis de la grande maison, et puis, ouvrant un gros et
lourd paquet, il distribue des friandises, des chandails, des
tricots, des cache-nez.....

    Les parents n'ont pas oublié le Noël des braves petits soldats.

Boum! Boum! voilà le bruit
bien connu des gros canons boches
qui se fait entendre à nouveau, mal-
gré le bruit effroyable des autobus.

Nos petits amis arrivent à temps.... ils retrouvent sur les bords
d'une grande rivière leurs vaillants alliés les Belges et puis aussi de
splendides soldats anglais que la traîtrise des Allemands a émus......
Ah! ils n'ont pas été longs à se décider! Et maintenant, il s'agit
de faire de la bonne besogne!

A la tête de ses hommes notre petit ami s'élance à l'assaut, les balles bourdonnent à ses oreilles comme un essaim de vilaines guèpes; de temps à autre une énorme «marmite» éclate sur les bords de la rivière, les clairons sonnent de toutes

leurs forces : en avant! en avant! Allégrement, les bons soldats alliés avancent de quelques centaines de mètres, quand, tout à coup, notre ami se redresse fièrement, entonne la « Marseillaise » et se précipite....; les champs succèdent aux forêts, les forêts aux villages....., les affreux Boches s'enfuient en toute hâte!

Tombé en pleine action sur le seuil d'une petite église de village,

la tête ensanglantée, notre petit ami ne sut que bien longtemps après ce qui lui était arrivé. — Deux bons infirmiers vinrent le ramasser et, avec d'infinies précautions, le transportèrent à l'ambulance, puis à la gare voisine, d'où un long train l'emmena bien loin, bien loin....

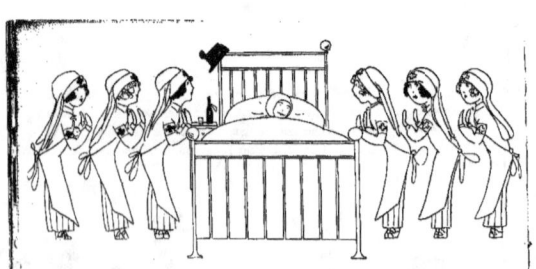

Notre petit ami, confortablement installé dans un beau lit, revient peu à peu à la vie : de bonnes infirmières lui prodiguent leurs soins et lui assurent qu'il est sauvé, et que, dans cette journée

tragique où il a vu la mort de si près, les Français ont chassé à tout jamais les vilains Boches d'une grande partie de leur territoire — l'invasion est enrayée! — Alors, tout doucement, ce bon soldat s'endort et cette fois les affreux cauchemars ne viennent plus troubler sa douce quiétude. L'affreux Empereur n'a plus de soldats : ils ont tous un bras ou une jambe de cassé; il voit, en fermant les yeux : la grande chevauchée des vainqueurs, les bons soldats radieux rentrant dans leurs casernes, aux

sons des marches guerrières, et aussi, il faut bien l'avouer, notre ami revoit la grande maison, les petites sœurs, le chien Miou, qui saute d'allégresse, et un gendarme qui pleure de joie dans ses moustaches en saluant les beaux galons dorés qui brillent à son bras......

Petit ami, poursuis tranquillement ton rêve, dans ton joli lit tout blanc : lorsqu'un petit soldat français tombe victime de son devoir, dix se dressent pour le remplacer.....

Le beau rêve devient, chaque jour, une réalité plus proche !

Contraste insuffisant
NF Z 43-120-14

www.ingramcontent.com/pod-product-compliance
Lightning Source LLC
Chambersburg PA
CBHW071256210626
46818CB00013B/1838